JN258320

日本一短い手紙

「ごめんなさい」

本書は、平成二十八年度の第二十四回「一筆啓上賞―日本一短い手紙　ごめんなさい」（福井県坂井市・公益財団法人丸岡文化財団主催、一般社団法人坂井青年会議所・株式会社中央経済社共催、日本郵便株式会社協賛、福井県・福井県教育委員会・愛媛県西予市後援、住友グループ広報委員会特別後援）の入賞作品を中心にまとめたものである。

同賞には、平成二十八年四月一日～十月七日の期間内に四万四三四八通の応募があった。平成二十九年一月二十六日に最終選考が行われ、大賞五篇、秀作一〇篇、住友賞二〇篇、坂井青年会議所賞五篇、佳作一三八篇が選ばれた。同賞の選考委員は、小室等、佐々木幹郎、宮下奈都、新森健之の諸氏である。

本書に掲載した年齢・職業・都道府県名は応募時のものである。

目次

入賞作品

大賞［日本郵便株式会社 社長賞］ 6
秀作［日本郵便株式会社 北陸支社長賞］ 20
住友賞 34
坂井青年会議所賞 58

佳作 ―― 64
あとがき ―― 210

大賞

［日本郵便株式会社 社長賞］

「やさしかったお父さん」へ

臨終の床、
涙のごめんなさいに
一瞬甦って私を見つめたね。
無言の許しだったと信じます

久保　みつよ
兵庫県　62歳

「やさしかったお父さんへ」

臨終(りんじゅう)の床(とこ)、涙のごめん
なさいに一瞬甦(よみがえ)って私
を見つめたね。無言の
許しだったと信じます

「お母さん」へ

お母さん、ごめんなさい。
実は私一番好きなのは、
ばあちゃんなの。

上杉　千里
福井県　9歳　小学校3年

筆書上［お母さん　　］へ

お母さん、ごめんなさい。実は私一番好きなのは、はちゃんなの。

「旦那」へ

貴方を驚かせようと
コツコツ貯めたへそくり。
貯まりすぎて一生言えない
ごめんなさい。

高下　由紀子
東京都　50歳　主婦

一番上［旦那］へ

貴	と	へ	す	い
方	コ	そ	ぎ	ご
を	ツ	く	て	め
驚	コ	り。	一	ん
か	ツ		生	な
せ	貯	貯	言	さ
よ	め	ま	え	い。
う	た	り	な	

「ママ」へ

「ごめん」って
ぼくの口はあかないんだ
口に力が入って。
手に力を入れて書くよ。ごめん

佐藤　蓮
千葉県　7歳　小学校2年

一種後上「ママ」へ

ごめん。　ぼく
の口はあかない
だ口にカが入っ
て。手に力を入れ
て書くよ。ごめん

「家族のみんな」へ

いつもわがままでごめんなさい。
でも本当の自分はもっとわがまま。

いつもわがままだけど本当はもっとわがままという意味

大井　美羽
福井県　8歳　小学校3年

一年生上　「家族のみんな」へ

いつもわがままで
ごめんなさい。で
も本当の自分はも
とわがままで。

大賞選評

選考委員　佐々木　幹郎

ごめんなさいという言葉を、日本人は本当に多用する。単なるあいさつでも「ごめん、ごめん」など気軽にごめんなさいを使う。これが他の国へ行くとめったに言わない。日本人の生き方、日常生活のあり方がこの言葉の中から彷彿とする。

「やさしかったお父さんへ」（久保みつよさん）の作品は、様々な思いを込めてお父さんに語りかけている。臨終のお父さんは意識があったのかどうかわからない。声も出せない状態だがじっと見つめた。非常にリアリティのある、ごめんなさいという日本語を通じて最期のコミュニケーションをとった一瞬を切り取っている。これは口頭でも、メールでも伝わらない、紙に短く書く以外にない文章だ。

無言の許しだったと思うのは、ご自身がそう思われたこと。言葉は相手に届いているかいないかそんな事実に関係なく、言葉を発した本人が、自分の言葉が戻ってきたと感じることが一番大事だと思う。これが言葉の大きな役割だ。

「お母さんへ」（上杉千里さん）は、とてもかわいい素直な本音を語っている。「旦那へ」（高下由紀子さん）は、本当に謝っているのかどうかよくわからない、面白いごめんなさいのあり方だった。「ママへ」（佐藤蓮さん）は、ごめんなさいがなかなか言えないという同じようなパターンが多数あった中で、口では言えないことを文字にして書くという世界。原稿をみても、本当に力を入れて書いていて非常にほほえましい。「家族のみんな」（大井美羽さん）は、女の子らしい作品。女性の世界感が8歳で表現できている。

今回の応募作品から、日本語のごめんなさいの多様性を見ることができた。

（入賞者発表会講評より要約）

秀作

［日本郵便株式会社 北陸支社長賞］

「まま」へ

ごめんね。なんでかな。
ままのことが1ばんすきなのに、
ままにだけいばっちゃう。

娘がポツリと言った一言。外ではニコニコですが、家で私（母）にだけは言いたいことが何でも言えるということかな？…と思い、嬉しい娘の悩みです。母としては。

後藤　咲音
静岡県　6歳　年長組

「お母さん」へ

母さん　ごめんなさい
あの時反対された彼は
今私の手の平にのってます

山岸　千景
福井県　55歳

「妻」へ

お姫様抱っこできなくてごめんね。
もっと鍛えるからね。
君はそのままでいいよ。

三宅　宏和
大阪府　30歳　会社員

「お母さん」へ

たまに嘘をつくときがあります。
大人の事情ってよく言うけど、
子供の事情もあるんだよ

吉川　真央
福井県　12歳　小学校6年

「おじいちゃん」へ

おじいちゃんが建てた家なのに、
おばあちゃん家って言ってごめんなさい。

刑部　結日
静岡県　12歳　中学校1年

「お母さん」へ

忘れ物をした時、
パジャマでダッシュして届けてくれて。
オシャレなのにごめんなさい。

齊藤　勇希
神奈川県　13歳　中学校2年

「わが子」へ

人様のお子様と過ごす十一時間。
我が子と過ごす四時間。
睡眠九時間（笑）……ゴメン!!

中学校勤務です。働くママさん。楽しく!! がんばりましょう

坪川　由依
福井県　38歳

「天国の父さん」へ

この蚊が
父さんの生まれ変わりだったら
どうしようと思いつつも
バシッと叩きました。

山下　菜香
福井県　35歳　会社員

「おかあさん」へ

おかあさんおねえちゃんごめんなさい
ぼくがんばるから
ぼくがっこうでがんばるからね。

遠藤　優斗
福島県　7歳　小学校1年

「同窓生の友」へ

あなた誰？
名前も顔も忘れたの……
古希で祝いの同窓会。
ごめんなさいの声ばかり。

武藤　裕敬
三重県　71歳

秀作選評

選考委員　宮下　奈都

大賞とは少し趣の違う、誰からも愛される10篇が選ばれたのではと思う。

［入賞者発表会で中学生の作品の朗読を聴いて］声で聴くことで、こういう作品だったのかと新たに気づかされるところがあった。それは本人が書いた文字にも表れている。例えば、「おかあさんへ」（遠藤優斗さん）の作品も、応募された手紙で読むとまた違う想いがある。可愛いのだけど切実さもある。そこに手紙の良さを感じた。

惜しくも受賞を逃した作品の中にも、素晴らしいものがあった。作品としては少し足りない部分もあるかもしれないけれど、胸に刺さって忘れられない。こういう作品は、すべての人には届かなくても、手紙を宛てた相手にはしっかりと届くに違いない。それが手紙の役割だろうと思う。そんなことを改めて感じさせてくれる作品が秀作以外にもたくさんあったことを申し添えたい。書いた人と書かれた人を想像しながら読む、そういう喜びに満ちた10篇だった。

［初めての選考を終えて］ 予備選考された作品を、時間をかけて丁寧に見て、選んだ作品はほとんど覚えているくらいじっくり読んだつもりだったが、最終選考の場で他の委員の皆さんの意見を聞くと、自分が選んだ点とは違う良さを発見したり、なるほどと感心させられたりすることがあった。4人で選ぶことの大切さ、いろいろな方の気持ち、考え方を知ることができて充実した時間だった。こんなふうに真剣に選ばれた作品は、選考に関わった全員の気持ちが凝縮された傑作揃いだと自信を持っている。本当に面白い体験をさせていただいた。

（入賞者発表会講評より要約）

住友賞

「ママ」へ

頭悪くてゴメンなさい。
計算も漢字も苦手だけど、
寿ね、勉強キライじゃないんだよ。

休みじかんも遊ばず自主勉強してきたのにいつも結果が出せない。

星 寿
福島県 小学校3年

「いもうとのわこ」へ

おかあさんにおこられたら、
とりあえずごめんなさいと
言ったほうがいいよ。

久保田　朔人
福井県　8歳　小学校2年

「娘」へ

娘がガンで天国へ行ってしまいます
お母さんごめんなさいと言う。
私こそごめんなさい。

現在娘は入院中　あと何日も、もちません　娘は小さいころから本が大好きで小説家になりたいと言っていたので出しました。

中村　重子
栃木県　63歳　主婦

「ママ」へ

てづくりのコロッケおいしいよ。
だけどおみせでかうママみてしまった
ごめんなさい。

てづくりでなくかっていた。ひみつをみつけてしまいごめんなさい

小川　桃果
千葉県　6歳　小学校1年

「父さん」へ

あなたが息を引き取った瞬間まで
言えなかったことを許して下さい。
「父さん、大好き。」

私は中学校一年生のときに父を亡くしました。父のことは大好きだったものの、恥ずかしくて伝えることができずに突然、父が亡くなったので後悔しています。今まで言えなくて、こんな娘でごめんなさい。

辻村　有梨沙
長崎県　17歳　高校3年

「最愛の母」へ

「長生きして面倒見てあげる。」って
私の言うべき言葉だよ。
病気になってごめんなさい。

筋ジストロフィーと診断され病室を出た時、母が笑声で言ってくれました。

太田 浪恵
新潟県 48歳

「パパ」へ

おねがいごとがあるときだけ
「チュー」してごめんね

渡辺　瑠巴
山口県　8歳　小学校2年

「あなた（主人）」へ

「出かけるぞ早う化粧せんか」って
ごめんなさい
お化粧してこの顔なんだけど。

厚めにしっかりお化粧してるのに…。

井上　美津江
福岡県　72歳　主婦

「お父さん」へ

「今までありがとう。」
言えばもう逝くようで言えなかったの。
お父さん、ごめんなさい。

かすかな意識しかなくなってしまった大好きな父。感謝の気持ちはあふれる程あったのに言えば死を認めてしまいそうで怖く、言えなかったことが心残り。

難波 みゆき
岡山県 46歳 保育士

「旦那」へ

約束の三年間、
後追うことばかり考えてた。
今は迎えに来ても逝かないよ。

「三回忌まではしてくれよ」と言い残してガン闘病死した主人。
一人ぼっちの五年目を迎えて自分の一生をおくる為にやっと動きだします。

山﨑　久子
群馬県　51歳　郵便局

「母」へ

「お水、ちょうだい」母さんの最後の言葉。私、カラダが動かなかった、ごめんなさい。

夜中、発した「お水、ちょうだい」、それが母の最後の言葉になりました。私は介護と看病で疲れてしまい、その時「待ってね」といいました。カラダが重く動かず、起きあがることができませんでした。人には言えない、罪責感が今でもあります。

天野　ひろみ
沖縄県　60歳　自営

「閻魔大王様」へ

ごめんなさい。
到着が少々遅れます。
まだ九十三歳。
至極、元気です

中村　達夫
福井県　93歳

「四才と七才の娘」へ

寝顔(ねがお)に「怒(おこ)りすぎてごめん。」ってチュ。
でも朝(あさ)がくると
また角(つの)がはえてくるんだよねえ。

石丸 裕子
岐阜県 42歳 主婦

「ママ」へ

たなばたで、
ママがおこらないようにおねがいしたの。
ないしょにしてごめんね。

竹澤　泰樹
福井県　5歳　保育園

「おかあさん」へ

いつも、たべるのがおそくて、
ごめんなさい。
だって～おしゃべりしたいんだもん。

あさの　はるき
佐賀県　6歳　小学校1年

「お父さん」へ

余命少ない父が
今日は体調が悪いと言う。
背を撫で雪のせいだよと私。
嘘ついてごめん。

末期がんで長くないことを父本人はわかっていても、常に良くなりたいと必死でした。生きていく中で嘘は必要なときもあると強く感じました。

佐藤　奈己
長野県　社会保険労務士

「お父さん」へ

私を忘れた父に会うのがつらかった。
だからいつも眠る父に話しかけてた。
ごめんね。

伊藤　裕子
三重県　47歳　主婦

痴ほう症を患い、私の事を忘れてしまった父は、私を見ると、見知らぬ人を見るように不安そうな表情を浮かべていた。現実に向きあえず最後の日まで逃げていた私を許して下さい。

「夫」へ

「九州男児じゃ」が口癖のあなた。
土下座して泣いて謝った事は
黙っておいてあげます。

福永 房世
鹿児島県 53歳 主婦

「返事しろ」って
いつも私に言ったよね
じいちゃん返事してや
聞こえんわ

去年大好きなじいちゃんが亡くなりました。会いたいです。

刀祢　紗也子
福井県　12歳　中学校1年

「結婚20年目の主人」へ

初デートの時のお弁当
作ったのは母でした。
料理上手のふりしてごめん！

原田　優美子
石川県　41歳　会社員

住友賞選評

選考委員　新森　健之

バラエティに富んだ様々な作品が選ばれた。何回も読み返す度に持ち味がどんどん出てくるような作品ばかりだ。

まず、20編を分析してみる。応募者の年齢別で見ると20編中8編が19歳までの作品、その中でも10歳までの作品が目立つ。この年齢層は応募数も多いが、選んだ言葉の持つ力強さで賞を獲得している。一方、大人の作品もそれぞれの思いが伝わってくる。残念なのは多忙な年代だからか30～40歳代の応募が少ないので、頑張ってほしいと思う。

また、顕著な傾向として、宛先別では、20編中19編が家族宛てだった。これまでのテーマなら友人や知り合いなど宛先はいろいろだったことを考えると、「ごめんなさい」が他人には言えても家族には言いづらい言葉だということを再認識させられた。

テーマ別で見ると、三分の二は日常生活のちょっとしたことを手紙に書いて笑いを誘う、ほのぼのとした作品だった。残りの三分の一は、涙を誘う作品が占めている。通常なら似たテーマが多いと複数は入選しないが、それぞれの良さがあり、多くが残った。亡くなった方へ手紙を書きつつ、自分自身の生きることへの強い意思を手紙で表現した作品もあった。他にも、もう会うことが叶わない親や祖父母、子供といった家族に対して、もっと話しておけば…などの後悔の念を抱えつつ、それを口に出してしまっていいものかという迷いの中で応募された作品もあった。自分の気持ちを率直に表現することで、自分が楽になったり、これからの人生に対して前向きになることができれば、一筆啓上賞があってよかったと思って貰えるのではないか。

（入賞者発表会講評より要約）

坂井青年会議所賞

「おかあさん」へ

なきまねしてごめんなさい。
ままにぎゅってしてほしかったの。

せき　だりあ
福井県　7歳　小学校2年

「大すきなお母さん」へ

入(にゅう)いんばかりごめんなさい。でもねお母(かあ)さん一(ひとり)人じめできるから、ぼくがんばれるよ！

息子は免疫不全と言う難病で生後3ヶ月から毎日　朝晩薬を飲み続け、月に一、二回の入院を繰り返して、もう8年になります。そんな息子も、入院中は私が24時間付きっきりになる事が、嬉しいのかも知れませんね。

有田　亘太郎
福井県　8歳　小学校3年

「よし田選手」へ

ごめんなさい。
レスリングの吉田選手とわたしのせりふ。
重みがぜんぜんちがうなぁ。

バレーボールをならっているけど声が小さいしれんしゅうも…

大木　美穂
福井県　10歳　小学校5年

「ぱぱ」へ

くるまから、
いえまであるくのしんどくて、
ねたふりしててごめんなさい。

見方　すみれ
福井県　6歳　小学校1年

「ひいばあちゃん」へ

おいでおいでしてくれたのに、
おへやに入(はい)れなくてごめんね。
あれがさいごだったのに。

山下　陽菜乃
福井県　8歳　小学校2年

佳作

「結婚五十年を迎えた夫」へ

「ごめんなさい」と、
言わなくても良いのです。
せめて、「そうか」と言って下さい。

内海　東海子
北海道　72歳

「お兄ちゃん」へ

いつもごめんね。
でもさ、十割中三割くらいは、
お兄ちゃんも悪いよね？

加藤　優果
北海道　15歳　中学校3年

「父さん」へ

炊き直しても持たせたかった。
最後の食事がコンビニ弁当になったのは
今でも心残りです

黒島　ひとみ
北海道　61歳　主婦

「息子」へ

「ごめんなさい」を言わないで、
「怒らないで。ママ大好きなのにぃ」は
ズルいです。

関根 真希
北海道 35歳 主婦

「お母さん」へ

何秒(なんびょう)もかからない
ごめんねの言葉(ことば)を言(い)うのに
何十年(なんじゅうねん)もかかってしまって
ごめんなさい。

曽我部　美穂
北海道　44歳　主婦

「お父さん」へ

つかれたときに、
ビールを取ってと言われても
届かなくてごめんなさい。
大きくなるよ。

佐藤　巧
青森県　8歳　小学校3年

父からの漁師のスカウト断ってごめん。
今なら、一緒の船で
女漁師やってみたかったな。

梶山　晴美
岩手県　36歳　調理師

「おばあちゃん」へ

時々言葉が悪くてごめんなさい。
心が傷ついていたらもっとごめんなさい。

鈴木　侑照
岩手県　11歳　小学校6年

「宏行ちゃん」へ

住む世界が違ってごめんなさい。
そばに行ったら、
あなただけのお母さんになります。

子供を亡くして35年。下の子供達の子育てに生きてきました。
私も60代。早くそばに行って長男をかわいがりたい。

石川　栄子
宮城県　62歳　主婦

「お母さん」へ

変身！
かまえたしゅん間、
テレビごと敵を倒したのはぼくです。
ごめんなさい

戦隊ものの真似をして変身のかまえをした瞬間おもちゃが手を離れ、
テレビの画面を直撃しました。

佐藤　真樹翔
宮城県　小学校5年

「お母さん」へ

「私はばあちゃん子」と
言い続けてごめんなさい。
母の偉大さを母になってわかったよ。

自分が母になり、「小さい頃はこうだったんだろうなぁ」と色々と気付かされました。
ありがとうの気持ちを込めて、ごめんなさい。

佐藤　幸恵
秋田県　35歳　主婦

「天国の父」へ

飲んだくれと憎んでいた。
戦場の記憶を払うためなの？
話したかったな、ごめんね。

娘の頃、酒に溺れる父をわかってやれなかったことが心残り。

荒澤　博子
山形県　67歳

「お母さん」へ

おけしょうしている時、
さわがしくしてごめんね。
手もとがくるわないようにね。

おしい まなと
山形県　8歳　小学校2年

「ようちえんのせんせい」へ

せなかにけむしで
でんしゃつくってごめんね。
もうすこしで、
しんかんせんだったんだよ

東海林　宇宙
山形県　6歳　幼稚園年長

「天国の汐梨」へ

ごめんね…耳かきしないで
最期のわがままだと知らなかったの
本当にごめんね。

耳かきを断った翌々日次女は、交通事故でこの世を去りました。
七回忌を終えても　まだ心にひっかかってます

樫村　恵美子
福島県　54歳　自営業

「お父さん」へ

ハゲてて恥ずかしいって
お父さんに言ってたのに、
その上をゆく彼を連れてきちゃった♡

金子　幸栄
福島県　45歳　教員

「誠さん」へ

いつも同じようなお弁当でごめんなさい。
まさか職場で
〝A定食〟と呼ばれてるとは…。

鈴木　なほこ
栃木県　34歳　主婦

「娘」へ

三年間、冷凍弁当でごめんなさい。
気づいてくれたかな？
卵焼だけは、手作りだったよ。

富田　利江
栃木県　50歳　会社員

「駅の案内係さん」へ

デジタル操作が苦手です。
切符売場の案内係さん、
老眼鏡忘れたふりしてごめんなさい。

電車に乗る時に切符を買うのに苦労しています。

古谷　耀子
栃木県　73歳　主婦

「お母さん」へ

ねている時、
つねったのは、このぼくです。
もっとかまってほしかったから。

星野　大翔
群馬県　10歳　小学校5年

「家族」へ

俺の最期の言葉だ、聴け！
「愛人、隠し子なし」安心しろ。
「財産なし」ごめんなさい。

いつも家族に、余計な心配をかけずに旅立ちたいと思っています。

長坂 均
埼玉県 60歳 会社員

「妻」へ

「大丈夫、俺太れないし禿げない体質だから」
ごめん、求婚時は俺もそう信じてたんだ。

小野　千尋
千葉県　56歳　会社員

「お母さん」へ

参観日、
野良着姿のお母さんが手を振った時、
無視して御免ね。
今はその手を離さない。

授業参観の日。母は、田植の手伝いから抜け出し、教室に来てくれました。

金子　政子
千葉県　57歳　パート

「母さん」へ

望(のぞ)んでいたような頭(あたま)のいい子(こ)にならなくて、
優(やさ)しい子(こ)に育(そだ)たなくてごめんなさい。

鎗田　彩花
千葉県　12歳　中学校1年

「おばあちゃん」へ

「私の方が大きくなったよ。」って
言ってごめんね。
本当は、追い越したくなかったんだ。

幼い頃よくおんぶしてくれた、大好きな祖母に、こんなに大きくなったよ。
という思いと、年老いていく祖母の姿が淋しくて、つい言ってしまった一言で、
うれしそうな、悲しそうな祖母の表情が忘れられなかったので、ごめんなさいと言いたかった。

鈴木　志得
千葉県　15歳　中学校3年

「天国のばあちゃん」へ

初めての新幹線に乗るとき、
草履を脱いで懐に。
みんなで大笑いしてごめん。

長野　和夫
千葉県　73歳

「肥満の息子」へ

欲しがる儘に
腹一杯のミルクを与え過ぎて
満腹中枢を壊しちゃいましたね。
ごめんなさい

現在33才の息子。ずっと成長し続けて只今120kg位でしょうか。心配です。

吉村 りつ子
千葉県 64歳 主婦

「天国にいってしまったじいじ」へ

僕(ぼく)はたくさんないた。
男(おとこ)はかんたんになくんじゃないと
いわれていたのにごめんなさい。

おじいちゃんがしんじゃったときにないてしまって
おじいちゃんとのやくそくをやぶってしまった。

佐藤　聖波
東京都　9歳　小学校3年

お母さん、
あなたを独り遺して
逝くのだけが
心残りです。

清水　さくら
東京都　37歳　会社員

「娘の保育園の先生」へ

先生すみません。
私がウソ教えました。
ええ、私、
ハタチはもうとっくの昔に。

古川　和枝
東京都　38歳　会社員

「クラスメイト」へ

「やめろ」
僕はこの一言が言えなかった。
攻撃が怖かった。
君の方が数倍怖かったのに。

自分も一緒にいじめられるのが怖くて、いじめを止められなかったことについて。

鷲田　藍十
東京都　13歳　中学校1年

「妻」へ

昨夜(さくや)、寝顔(ねがお)を見(み)た
老(ふ)けたな
明日(あした)からは大切(たいせつ)にするよ

持田　正行
神奈川　65歳

「妻」へ

52年間も、
黙黙と食べていただけで、
ごめんなさい。
「おいしかったよ」

妻がせっせと作る食事を当り前のように食べてきました。
簡単な一言「おいしかったよ」ずっと言えないできました。

細川　辰男
山梨県　76歳

「息子」へ

片親の息子
近所の方に父さん元気と聞かれ
死んだと答えた息子
離婚してごめんなさい。

田舎育ちの私と息子離婚した事知っているのに、近所の若いパパが父さん元気かと聞いてきた死んだと答えたら二度とききませんでした。

水越　安子
山梨県　54歳

「お母さん」へ

冷たくしてごめん
病気に気付けなくてごめんなさい
お母さん、私も母親になったよ

母の病気がわかってから亡くなった今まで、ずっと心の中で叫んでいたごめんなさいです
やっと外に出せました　ありがとうございました

阪本　裕子
長野県　34歳　会社員

「だんな様」へ

何(なん)でも「ごめんちゃい。」で
済(す)ませてしまう貴方(あなた)。
悔(くや)しいけど、
その策略(さくりゃく)はお見事(みごと)！です。

高砂　慶子
長野県　53歳　会社員

「娘」へ

勉強しなさい！
お母が子供の頃は沢山勉強したよ！
って言うのは嘘ですごめんなさい。

新津　信子
長野県　47歳　パート

「おかあさん」へ

あと5分早かったら、
手を握って見送れたのに、ごめんね。
お母さん、まだ温かかった。

真夜中の病院へ急いだのに、間に合わなかった。一生後悔していくと思う。

町田 ゆかり
長野県 59歳 自営手伝い

「お母さん」へ

友達もいて学校も楽しい。
「こんな体に産んでほしくなかった。」
前に言ったひとこと。

幸田 佳奈
新潟県 18歳 高等部3年

私は車椅子に乗っていて普通の中学生、高校生の登下校の様子や、自分ができないことを見るとお母さんに向かって言ってしまうことがありました。でも、今は友達もたくさんいて、学校も楽しくてお母さんにあやまりたくてその時の気持ちを手紙にしました。

「亡き夫」へ

泣かない約束をしたのに、
ごめんなさい。
意志に反して涙が出る。
一人は淋しいよ。

夫は亡くなる時に「泣くな！」と言って私の手を握り、私もうなずいたのに……

中川 曙美
新潟県 76歳

「両親」へ

子供に怒って言わせる時があるのに、
親には一度も言った事がない言葉
『ごめんなさい』

越井　昭典
富山県　45歳　会社員

「突然逝ったあなた」へ

あなたの身体が冷え始めていた
いつもの寝顔なのに
いつか、あの笑顔で許して欲しい

遅れて寝室に入った時、動かない主人の身体が冷たくなり始めていた。
もっと早く気付けば、と今でも悔やまれます。

賣間　亜希子
石川県　43歳　主婦

「おかあさん」へ

小さい時けっこんしてって言ってたけど、
今はすきな子がいるからできません。
ごめんね

有田　亘太郎
福井県　8歳　小学校3年

「天国のパパ」へ

亡(な)くなる前(まえ)会(あ)えなくてごめんなさい。
わたしがママを守(まも)るから。
ちゃんと幸(しあわ)せにするよ。

五十嵐 冴樹
福井県 16歳 高校2年

「お父さん」へ

送り迎えの車の中、
いつも思っている
「ありがとう」を口にできず、
ごめんなさい。

毎日、当たり前のことのように車で送迎をしてもらっているけど、
それに対して感謝を伝えきれていない。

大塚　一輝
福井県　17歳　高校2年

「先立った息子」へ

小さいのに一人旅させてごめんな。
家族旅行、もう少し待ってな。

奥村　耕二
福井県

「お母さん」へ

二人同じ顔すぎて
隣に並ぶのを嫌がって
ごめんなさい。

角谷　緋奈
福井県　16歳　高校2年

「息子達」へ

ごめん。
ごめんね。もうしないから。
今日も母は可愛い嘘に
騙されてあげているんだよ。

坂尾　麻理
福井県　38歳　会社員

「夫」へ

ラブストリーの
テレビドラマを観ていると、
昔の彼の姿が思い出されます。
ごめんなさい

高崎　一枝
福井県　61歳　公務員

「ばーちゃん」へ

ばーちゃんごめん
ずっとブスだと思ってた。
でも棺の中のばーちゃん
めっちゃ美人やった

竹内　明子
福井県　42歳　助産師

「宝物だった君」へ

初めて腕に抱いた時
守り抜くんだと誓ったのに
一人で旅立たせてしまってごめんなさい

土田　祐起子
福井県　59歳　主婦

「お母さん」へ

いつも頭につのをはえさせてごめんなさい。
これからは、
頭に花がさくようにがんばるね

直江　柊羽
福井県　9歳　小学校4年

「天国の貴方」へ

今年は貴方の13回忌、
でもごめんなさい、
最近恋の予感がするのです。
片想いですけど。

三上　栄子
福井県　73歳　パート

「父」へ

あの時何度も
ごめんの言葉は聞いただろうね
俺は、そんな言葉より
もっと一緒にいたい

水口　開斗
福井県　15歳　高校1年

「クラスメイト」へ

ごめんなさい。
その一言がいえなかった。
それが、心に残る
たった一つの大きな後悔。

文化祭でのもめごとについてのはんせい。

吉田　孝彰
福井県　18歳　高校3年

「お父さん」へ

メールや電話、
しつこすぎて着信拒否。
愛されすぎてごめんなさい。

杉本　梨衣
岐阜県　15歳　高校1年

「バーちゃん」へ

バーちゃんのリンゴ僕食べてないよ
ホントに食べてない
ジュースにして飲んだだけなんだ

阿部　広海
静岡県　28歳　会社員

「天国の夫」へ

夫という制約の中の
自由は楽しかった。
貴方のいない自由は楽しくないの。
今頃遅いね。

友達と旅行・お茶・ランチ等々いつも夫の帰宅時間、食事の用意、いつも負担に思っていた。
夫が逝って自由時間ばかり。もっと気持ちよくしてあげれば良かった。後悔、ごめんね。

栄馬　啓子
愛知県

「母」へ

朝六時になると、
「おきて。」と大きな声。
夜になると疲れた母。
私はなんだか涙が出た。

尾崎　みわ
愛知県　14歳　中学校2年

「夫」へ

今日も私の作った
節約弁当を食べてるあなた。
ママ友ランチはやめられません。

小山　里佳
愛知県　52歳　主婦

「昔、私の手相を見た人」へ

稀に見る強運と才を備え
成功!!と言われましたが、
凡人のまゝです。
謝って下さい。

安藤　美和子
三重県　68歳　主婦

小さい時に親が手相を見てもらったら、右記のことを言われ、親は大層期待していたようです。

「弟」へ

ごめんって、泣かんといてって。
泣きながら、僕の筋肉痛のうで
たたかんといてって。

奥村　颯士
三重県　13歳　中学校2年

「主人」へ

還暦を二人で祝えて良かったね。
ただ…整形してたこと
今でも言えずにごめんね。

山中　恵裕
三重県　60歳　生活介護支援員

「姉」へ

夜ふかし朝寝坊
片づけもろくすっぽ。
ダメ人間だと思ってた。
結婚式の笑顔見るまで。

瀧澤　宏直
滋賀県　22歳　学生

「空の上の父」へ

中二の時、友達と下校途中、
僧服の父が向こうから。
私は一人で脇道へ。
ごめんなさい。

父には　わかっていたはず、でもそのあと一度もそのことにふれることはありませんでした。
ただ悲しそうでした

角替　幸子
滋賀県

「故郷の母」へ

帰省した時、母は
「一万円しか出せなくてごめんね」と交通費。
僕の台詞なのにごめん。

小坂 純一郎
京都府 55歳 会社員

「両親」へ

ごめんね。障害者に生まれてきて。
でも頑張るから。
一生懸命、生き抜いてみせるから。

長井　喜久子
京都府　50歳

「あなた」へ

去年は心配かけてごめんなさい。
私が乳癌を告げた時、あなたが流した涙。
忘れません。

湯浅 純子
京都府 68歳 主婦

去年私が乳癌を患い、約10ヶ月の闘病生活を送りました。夫が支え乗り越える事が出来ました。

「お母ちゃん」へ

親孝行な娘と言われて心が痛む。
認知症に気づくまでの
傷つけた時間を消したいよ。

東城　千鶴子
大阪府　64歳　主婦

「亭主」へ

明日から貴男は、一週間の出張。
なんで私はこんなにウキウキなのかしら…。

「亭主は丈夫で留守がいい」と言うけど…まさにそのとうり。夕食も作らなくていいし

中野　康子
大阪府　60歳　パート

「夫」へ

ごめんなさい。
お見合い写真の私も、
お見合いの時の私も、
過剰包装でした。

中村　久美子
大阪府　71歳　主婦

「大好きな妹」へ

僕が使っていた
悪い言葉を妹が真似して、
ほっぺたをつねられて泣いていた。
ごめんね。

西田　幸大
大阪府　10歳　小学校5年

「24才、人生につまずき、悩む息子」へ

ハンディを持って生まれた君に
母はごめんなさいは言いません。
ただただありがとう。

満永　知子
大阪府　51歳　主婦

「兄たち」へ

ごめんな、兄ちゃんら、
正直言って末っ子は得してんねん。
でも感謝してるで。

渡邉　千奈
大阪府　15歳　高校1年

「妻」へ

貴女(あなた)は熟睡(じゅくすい)していました。
私(わたし)は、そっとキスをしました。
ごめんなさい。

井上　一男
兵庫県　90歳

「お母さん」へ

お母さんの望む
息子になれなくてごめんなさい。
でも良い大人になるからごめんなさい。

上田　健斗
兵庫県　14歳　中学校3年

「?」へ

顔は覚えてるけど名前が出てこない。
話は適当に合わせました。
ごめんね。あなたは誰?

親しく話かけられましたが名前が出てきません。話に相槌をうちながら申し訳なくて…。

北原 雅與
兵庫県 72歳

「障害と共生する、全ての人」へ

あなたは、あなたの人生を
普通に生きている。
「かわいそう」と思ってごめんなさい。

坂本 ユミ子
兵庫県神 59歳 会社員

「弟への愛あふれる兄」へ

レジ直前の母のカゴ。
こっそり入れたお菓子に
無実の兄が叱られた
兄ちゃんホントごめん

新川 逸星
兵庫県 28歳 自営

「けんかをしている人」へ

ごめんなさいの一言で
今までより絆が深まる。
さあ、相手より先に
ごめんなさい。

杉本　将汰
兵庫県　14歳　中学校2年

「家族」へ

家の壁に落書きしてごめんね。
でもだからって、
十八年も置いとくことないじゃん。

竹下 綾
兵庫県 18歳 高校3年

「夫」へ

あなたを選んだのは、
あなたの名前が好きだったからです。
元彼と同じだから。ごめん。

富田　圭一
兵庫県　78歳

「お父さん」へ

作ってくれるご飯
「おいしい。」って食べてるけど、
ごめんなさい。
本当は味、濃すぎだよ。

中村　舞奈
兵庫県　15歳　高校1年

「看護師さん」へ

白内障のオペ後、
若かった看護師さんが突如老けた。
見え過ぎてゴメンなさい。

見えるのも良し悪し。

永峰　敏次
兵庫県　72歳

「家族」へ

寝る前ケンカで気まずいから
「ごめん」のかわりに
「おはよう」でかんにんな。

家族とケンカして自分が悪くないといいはり、あやまれず寝て、
そして起きたら「おはよう」でゆるしてなという意味

花田　幸志朗
兵庫県　13歳　中学校2年

「弟」へ

弟が作ったレゴのお城。
少し前ケンカして半分壊してやった。
あの時は爽快。今は後悔。

弟が買ってもらった新しいレゴのお城をケンカをして半分壊してしまいました。
その時は「ザマーみろ！」と思ったのですが、
今思うとひどいことをしてしまったなと思います。

廣島 拓哉
兵庫県 14歳 中学校2年

天国の母上様、孫が生まれます。
そちらでの待ち合わせ、少し遅れます。
ごめんなさい。

麻殖生　容子
兵庫県　63歳　主婦

「へそくりをしている夫」へ

知ってたよ、隠し場所、
ずっと前から。
知らん顔して今まで使ってました。
すんません。

偶然見つけた夫のへそくり。全部頂いたらばれてしまうので、
ばれないように使っていました。

松川 千鶴子
兵庫県 61歳 自営業

「お母さん」へ

絶対言わへん。
だって悪くないもん。
何を言っても絶対言わへん。
だって悪くないもん。

山田　倫嘉
兵庫県　12歳　中学校1年

「単身赴任中のあなた」へ

毎晩、夕食の写真をスマホで交換するけど、
本当は必ず一品よけて写真を撮ってます。

城田　由希子
奈良県　53歳　主婦

「娘」へ

映画に誘うと
「二度目、お父さんともみた」
と笑う末っ子。
熟年離婚して、ごめんね。

末っ子が中二の時、熟年離婚しました。反抗期やら経て、二十歳を過ぎ、今では黙って、別れた両親べつべつに付き合ってくれます。

竹下　ひろみ
奈良県　57歳　学童保育支援員

「七〇歳になった母」へ

父が死んで十年。
彼氏ができたと喜ぶ母に
「恥ずかしい」なんて、ごめん。
輝いてるよ!!

福島　千佳
奈良県　47歳　非常勤講師

「中学時代の友」へ

同窓会
中学二年の時の事
許してほしいと友
四十数年前の事なんて
私　覚えてないよ

秦　佳子
和歌山　58歳

「2才の孫」へ

お花にごめんなさいは！
孫が私に言った
えっ花がら摘みしているんだけど

庭のお花を大切にしてねと言っていた私が花をちぎっていると思ったようです

市場　美佐子
鳥取県　67歳　主婦

「息子」へ

普通に生んであげられず、
ごめんなさい。
でも、私の所に生まれてくれて、
ありがとう。

福原　智美
岡山県　38歳　主婦

「父、母」へ

突然ごめん。
俺、仕事辞めた。
ははは、ははは。
情けねえな。
ああ。はーあ。
近い内帰る。

松原 祥哲
岡山県 31歳

「息子」へ

わしゃ、
有難(ありがと)うとしっかりせー!!は
口(くち)で言(い)うたが、
ごめんなさいは
背(せな)で言(い)うただけじゃの

父子家庭で、高校生まで素直に健康に育ってくれた、息子への感謝と反省です。

大畑 佳己
広島県 45歳 自営業

「生徒のみんな」へ

真面目に勉強するよう言うけれど、
実はしてなかった私。
先に生まれただけでごめんね。

母校で働くようになり、中3の担任の先生の言葉を思い出しました。
「先生とは、先に生まれた人です。」

高津 佳代子
広島県 35歳 司書

「西畠先生」へ

先生より身長が高くなって、
ごめんなさい。
私を怒る時はいすに
すわらせてから怒ってね

本田　芽具実
広島県　11歳　小学校6年

「天国の母」へ

農作業でまっ黒になった顔に
白粉塗って参観日来た時
思わず笑っちゃった私
本当にごめん

今、思い出してもおかしくなるのですが、母は精一杯、娘のために、おしゃれして来たつもり　本当に傷つけたなあ、後悔しています。

畑山　静枝
山口県　68歳　主婦

「父」へ

変換ミスで、
「父は我が家の埃です」になっちゃった。
直してないけど、ごめんなさい。

渡邊　惠子
徳島県　57歳　主婦

「5年生のみんな」へ

水泳大会で、
一位になれなくてごめんなさい。
みんなの声えん、
水の中でも聞こえたよ。

ぼくは、小豆郡の水泳大会に出ました。苦しい時、毎日おうえんしてくれた友だちの顔や、毎日いっしょに泳いでくれた先生の顔や、大会直前で出られなくなった、くやしそうな友人の顔を思い出しながら、がんばったけど、一位になれずざんねんです。

角石　開
香川県　11歳　小学校5年

「おかあさん」へ

元気(げんき)な体(からだ)で生(う)まれてこなくて、
ごめんなさい。
つかれたねがお、
なんとかしてあげたい。

角石　悠
香川県　7歳　小学校2年

「一期一会のやさしい人」へ

幼い日の帰り道、桃をくれたおばあちゃん。
童話を信じ、川に流して、ごめんなさい。

大橋　路代
愛媛県　49歳

幼ちえんの帰りにおいしそうな桃をもらったのに、
あるお話を思い出し毒が入ってると桃を川に捨てました。

「天国の母」へ

お母さん、ごめんなさい。
あなたの優しさに甘え
話し相手になれなかった。
後悔してます

白石　育子
愛媛県　64歳　主婦

「お母さん」へ

この世で一人、盾になってくれたお母さん。最後まで親孝行できなくてごめんなさい。

母が臨月の時、父が病死。それ以来女手一つで育ててくれた母への思いを綴りました。

父田　奈緒子
愛媛県　55歳　公務員

「ふるさと」へ

田舎だとか山ばっかりとか言ってごめんね。
今になりあなたの素晴らしさが分かります。

井関　千晴
高知県　15歳　高校1年

ごめんなさい。
今は毎日お供えしてるけど、
生前お茶を入れてあげたこと
ありません。

杉山　壬張
高知県　74歳　自営業

「お父さん」へ

小さい時ねぼすけだと思っていました。
朝刊を配っていたのを知らずに。
ごめんなさい。

濵口　くるみ
高知県　15歳　中学校3年

「母」へ

せっかくの仕事の休日。
でもそれは私の通院のために消える。
病気になって、ごめんね。

宮本　偲乃
高知県　17歳　高校3年

「親戚のおじさん」へ

昔怪獣のプラモの爪を
伸びてるから切らなきゃと
切ったのは私です。
本当にごめんなさい

石原　壮真
福岡県　18歳　高校3年

「パパ」へ

ゴキブリを見(み)かけると、
手(て)にはいつもパパのスリッパ、
パパごめんなさい。

パパのスリッパ大きいから（自分のでつぶれたらいやだから……？）

井上　美津江
福岡県　72歳　主婦

「おばあちゃん」へ

おばあちゃん、
私を忘れる前に
お話できずにごめんなさい。

私の祖母は認知症で多分私や弟のことを覚えていません。
祖母がまだ元気に話せるうちに、たくさん話しておけばよかったと後悔しています。

草場 万緒
福岡県 16歳 高校2年

「夫」へ

ごめんね、おしゃべりで。
あなたをどんどん無口な
聞き上手にしてしまっているよね。

結婚三十三年、出会ってから四十年、年々口数が少なくなる夫。
それは私のせいかもしれません

古賀 厚子
福岡県 58歳 主婦

「友人」へ

何もできず
君が壊れていくのをただ見ていた。
僕は守ることもできない。
弱くてごめん。

嶋田　開
福岡県　17歳　高校3年

「弟」へ

パパに怒(おこ)られ
ごめんなさいと泣(な)きながら
姉(あね)もやったと
告(つ)げ口(ぐち)するのはやめてほしいな。

田中　風菜
福岡県　15歳　中学校3年

「お姉ちゃん」へ

お姉ちゃんよりも足が長くてごめんなさい、
なんてことを書いてしまってごめんなさい。

辻本　穂菜美
福岡県　16歳　高校1年

「お姉ちゃん」へ

こっそりラブレターを見(み)てしまって
ごめんなさい。でも、おめでとう。

草場　日向子
佐賀県　14歳　中学校2年

「お母さん」へ

残る電話の着信。
折り返しもせず。
まさかあのまま逝くなんて。
お母さん声が聞きたい。

お母さんから、いつもの電話だと、出られず、すぐに折り返しもせずそのままにしていました。
翌日には話しも出来ない急性肺炎。お母さん何だったの？ごめんなさい！

中島　ひとみ
佐賀県　56歳　会社員

「親父」へ

親父(おやじ)よ。
たまにはごめんと言(い)えよ。
母(かあ)ちゃん喜(よろこ)ぶぞ。

俺自身があまり言ったことがないので

松本　貞則
佐賀県　68歳

「ママ」へ

もう少(すこ)しだけ、
はんこうきしようと思(おも)うので、
ゆるしてください。

ママのことは大すきなんだよ。

池永　響
長崎県　9歳　小学校3年

「亡き母」へ

「ごめんね」母さんの最期の一言で、長年の兄弟間の蟠りが、今年の初盆に解けました。

生前は問題やトラブル続きでした。
しかし晩年は兄弟が仲よくなる事を願って、昨年七月九十六才で逝きました。

川上　真由美
長崎県　67歳　主婦

「にいちゃん」へ

いつもおこらせてごめんね。
いつもいつもごめんていえなかったから
てがみをかいたよ。

山下　健太郎
長崎県　6歳　小学校1年

「お父さん」へ

病院を好まない
あなたを無理にでも手をひいて、
連れ出せばよかった。
夢なら覚めて。

昨年10月7日、突然父を亡くした。会いたくて苦しいです。
信じきれず今も。後悔の日々。

亀田　樹里
熊本県　34歳　会社員

「お父さん」へ

親子リレーで嫌がって本当にごめんなさい。最期の思い出を作れなくてごめんなさい。

私は小さいころからお父さんが嫌いで6年生の時の親子リレーを嫌がり、いとこのお父さんに走ってもらいました。お父さんが運動会をこっそり見に来ていたのをお父さんが亡くなって知りました。とても後悔しています。

古閑　心優
熊本県　12歳　中学校1年

「お母さん」へ

いつまでも納骨せんでごめんね。
でも淋しかけん、
もう少しだけ私と一緒におってね。

28才で母を亡くし、それからずっと一人で暮らしています。
大好きな母をなかなかお墓につれていく気になれず、まだ納骨せず毎日話かけています。

髙戸　ひとみ
熊本県　31歳　会社員

「妻」へ

意味もなく怒ってごめんなさい。
いつも正しいのはお前。
それが腹だたしいだけなんだ。

山内　真一
熊本県　53歳　会社員

「友だち」へ

「助けないで。あなたもいじめられるよ」
あのときの勇気のなさを今も悔いています。

石井　ひとみ
大分県　83歳

「初恋の人」へ

「好きだ」と言ってくれたのに
聞こえぬふりしてごめんなさい。
私もと素直に言えなくて

もう五十五年も昔の事！今年古希の同窓会出席迷ってます

今永　惠子
大分県　69歳　主婦

「Eさん」へ

お母さんの介護を手伝って
登校したんだね。
遅刻をきつく注意してごめんなさい。

衞藤　芙美代
大分県

「4歳の君」へ

「もう4歳なんだから」って言ってごめんね。ママ、36歳でもできない事いっぱいだ。

今年妹が生まれてお兄ちゃんになった、息子へのお手紙です。

安達 留美
鹿児島県 36歳 専業主婦

「ダイエット中の二女」へ

食べたら太る。
食べずとも太る。
許せ娘よ。
どうやらお前は、
父の血統だ。

長女も三女もやせているのに、二女だけが、かわいそうに。

猪野　祐介
鹿児島県　49歳　公務員

「両親」へ

「東京には何も無かった」と言って
修学旅行のお土産を
買って来なくてごめんなさい。

大園　敦河
鹿児島県　18歳　高校3年

「お母さん」へ

ごめんごめんと言いながら、
同じ失敗をするのはやめてください。

坂口　慈英
鹿児島県　11歳　小学校6年

「君」へ

君は私を「友達」って言うけどごめん、
聞く度イヤになるんだ、
だって「好き」だから。

遠藤　優成
沖縄県　18歳　高校3年

「家族」へ

入院した時、
お見舞来ないでって言ってごめんなさい
帰ったら、さみしくなるから。

比嘉 風姫
沖縄県 14歳 中学校3年

「日本に住む　おじいちゃんとおばあちゃん」へ

スカイプで、一緒に食べたり笑ったり。
手を繋げるともっと良いのに、ごめんね。

檜原　未有
カナダ　12歳　中学校1年

「母」へ

いそがしいのに、
いつも私を支えるのはたいへんね。
中学なのに日本語できねーでごめん

ラミレス　えみり
アメリカ　13歳　中学校2年

総評

選考委員　小室　等

毎回のことだが、最初は入賞に値する作品がどれくらいあるかと思うことがある。しかし結果的に選ばれてみると、どの賞もそれにふさわしいクオリティを持った作品がちゃんと存在してくれることを、今回も思い知る選考会だった。

大賞にふさわしい作品は選ばれた5編以外にもたくさんあった。それは秀作も同様だ。選考会では様々な意見が出て、自分が大賞に推したい作品があっても他の委員の同意がなければその作品は大賞にはなれない。当然だけど私一人で選考するのだとしたら結果はずいぶんと違うと思う。ふと見直しても、選外にもずいぶんとよい作品がある。今回入賞しなかったけれども、入れ替わったとしても十分な役割を持って替わることができる作品ばかりで、それこそ、入れられなかった作品に対して選考委員こそごめんなさいという気持ちだ。

ごめんなさいをあらためて考えることは平素しないけど、考えたら、ごめんを言いそびれてしまっていることが往々にある。一言ごめんと言えていればよかったのについつい言えないままに時が過ぎる。今の時代を見ると益々ごめんと言わない世界になっているように思う。戦う方へ、戦う方へ向かっている。自分の正しさを言い募るだけでいいのか。こんな時代にごめんという言葉に対してもう一回思いを寄せる。そのことの大事さ。言いそびれていることはいっぱいある。応募作品たちがそのことに気づかせてくれた、そんな効果が一筆啓上賞にはある。

今回も応募作品たちによって、図らずもごめんなさいということをちょっと考えてみようよという効果があったとすれば、一筆啓上賞の意味は大いにあったのではないかと思う。

（入賞者発表会講評より要約）

予備選考通過者名

順不同

北海道

淺田 恭祐
雨谷 知佳
石上 果椰乃
石上 果椰乃
大嶋 敦子
神田 愛羽
小坂 まりな
佐々木 鈴
佐藤 珠梨
杉澤 里乃
曽我部 美穂
直江 佐季子
中上 雄子
野田 歩夢
馬場 啓
前野 桃子
町田 陽子
山口 慶大

青森県

岩本 康生
齊藤 慶斗
神 幸江
長尾 玲子

岩手県

齋藤 由佳
佐藤 真智子
關沢 香苗

宮城県

工藤 恵
小熊 美紅
寺川 岩子
西田 有吾
吉田 若奈

秋田県

斎藤 ヒサ

豊島 カヨ子
渡部 昌平

山形県

伊藤 進
東海林 宇宙

福島県

小椋 由美
小野 晃寛
上遠野 恵美
上遠野 恵生
金子 幸栄
金澤 理洋
小林 美優
齋藤 圭
坂井 静江
坂井 静江
坂井 静江
佐藤 勝子

佐藤 沙耶花
佐藤 宏
白岩 睦加
鈴木 聖奈
鈴木 千裕
鈴木 萌華
陶山 隼人
髙橋 美香
塚原 明美
つのだゆうな
冨澤 直史
豊口 卓
西村 日出子
林 とし子
矢田部 明日香

茨城県

會澤 大翔
込山 里佳
成田 直美

根本 康平
谷中 みなみ

栃木県

池田 茜
片山 久子
神野 由香
齋藤 春流
澤崎 真由美
関内 美由貴
五月女 遥登
初澤 みゆき
細川 奈菜
村上 洋子

群馬県

青木 静子
小川 香織
織田 茉奈美
小渕 賢一

久保田 希望
小林 文樹
杉田 璋郎
杉田 璋郎
髙野 雅子
竹内 大貴
野口 久枝
福田 誠
松原 左智
山内 璃央
横地 富美子

埼玉県

浅見 邦恵
安中 貴子
竹内 綾
田中 未歩
長坂 均
樋口 さゆか
藤原 正宜

溝口 あさこ

千葉県

青山 由紀
小野寺 直美
梶原 亜矢子
熊谷 航
佐藤 敏子
鳴濱 百香
鈴木 徳真
髙崎 久美
豊田 理佐
中野 帆乃海
永嶌 里菜
西畠 舞
仁田 樹生
萩尾 凪紗
林 雪絵
向窪 佑祥
和田 椛稟

東京都

飯草 健司
板橋 まりえ
伊丹 悦洋
伊藤 美香
井ノ上 英樹
井上 秀子
岩田 明彦
圓 成美
植木 彩葉
梅田 莉々
大川 翔玄
大隈 裕子
小野 史
倉本 匡子
五條 彰久
小林 明日美
小林 仁美
齋間 花咲
坂井 直子
榊 眞琴
坂野 喜典
佐藤 真智
菅原 孝博
鈴木 信夫
滝沢 茂幸
田中 茉里咲
冨田 典佳
長橋 利代子
藤井 純佳
古川 和枝
古川 和枝
古川 和枝
古川 和枝
本田 絢佳
本間 順一
溝口 真那
森谷 容衣
安川 千夏子
山口 としこ
吉田 三津代

神奈川県

伊藤 とみ江
笈川 友子
大野 涼音
尾崎 信夫
小澤 泰彦
小野 仁一郎
沢田 武博
嶋貫 大雅
鈴木 邦義
鈴木 邦義
長澤 栞奈
橋本 康
降幡 美佳
水品 亜由菜
矢代 稔

山梨県

飯窪 定子
北村 華音
津田 はるみ
萩原 章
櫻井 絹江
鈴木 洋子
高橋 のぞみ
田辺 寿子
中川 曙美
中川 曙美
中川 曙美
広瀬 千夏
皆川 敏子
涌井 悦子
渡部 明美

富山県

青山 藍
飯村 優美子
小室 斗暉
紺野 義二
澤井 真由美
田浦 真彩
玉木 一哉

新潟県

今井 良子
奥村 幸峰
近藤 さくら

石川県

東 恵美子
神馬 せつを
川岸 憲人
坂井 和代
西角 章
浜谷 亜希
古山 寛太
奥 海人
奥田 愛菜
奥出 智己
尾谷 美咲
垣本 絵理花
片山 真那
加藤 芳恵
角谷 翔大
金森 優希
川口 さくら
川瀬 佳洋
川端 さくら
川端 やゑ子
馬田 玲奈
大木 翔斗
大久保 夢叶
大嶋 洋子
大竹口 萌音
大谷 今太
大辻 彩夏
岡田 潤也

福井県

赤井 琢真
荒井 萌生
五十嵐 千聖
池田 明菜
池田 汐里
板原 茉凜
伊藤 克憲
稲葉 涼華
笛吹 孝夫
内江 愛
宇都宮 涼香

福井県

きし田 雪の
衣川 桃花
木村 圭佑
倉内 翔一
黒岩 千夏
小嶋 十和
小南 幸生
齋藤 都志子
さいとうはると
坂井 星空
坂下 曇飛
佐々木 真勇
佐藤 路望
しまけい
清水 麗凪
下 寛人
杉森 康一
宗 玲慈
高木 彩嘉
高島 歩
高田 八千代
竹内 しお里
竹澤 法子
武永 裕子
竹本 優子
竹川 育実
谷 峻之介
谷田 一樹
谷村 あやか
為頭 結奈
竹生 晴彦
坪川 由依
坪川 由依
どう前そう大
轟 結菜
豊岡 絢奈
鳥居 雪和
永井 孝典
中尾 晏菜
中村 奈々子
なんぶことね
南部 咲希
にしるうら
西正 伽南
西脇 愛純
則房 仁一郎
長谷川 柚衣
畑中 陽菜
番場 あおい
日種 一博
深井 弘一
深山 泉
藤田 結衣
藤田 涼菜
伏見 快都
堀 正博
本田 直美
本どうしょうた
益 唯香
松井 実玖
松本 喜太郎
三上 愛咲
水上 諒哉
南 浩美
南田 百花
宮地 那由多
向井 咲貴
向川 美空
村上 芹奈
森川 茉桜
八十嶋 章雄
山内 節子
山口 菜実
山越 真琳
山田 緋璃
山田 知佳
横山 未生
吉江 七海
渡邊 美和

岐阜県

清水 紘能

高田 翔午
福嶋 弘子

静岡県

赤堀 もも
荒井 紀恵
井出 睦美
大石 千香代
大原 萌実
小澤 清美
鏡島 眞大
兼高 宏明
澤谷 知春
島田 秀洋
寺田 ますみ
東 みね
三宅 恒貴
村越 義久

愛知県

青山 莉音
飯沼 皓大
飯塚 佳恵
田口 あかり
中野 真由美
藤井 規子
宮岡 智子
柳田 彩那
山田 まゆみ
山本 歌恵美
山本 航大

三重県

内田 由記
梅村 和子
梅村 和子
加藤 優子
木下 わか
小林 秀夫
髙柳 洋子
中村 文香
長野 美恵子
西村 葵那

滋賀県

寺田 周人
西澤 義博
東 睦子
三浦 加織
義永 麻莉奈

京都府

猪本 麻里
奥野 操
河端 清
越賀 優
田中 望生
那須 啓人
那須 啓人
桝村 保孝
山口 素賀乃
吉村 拓実

大阪府

浮穴 佳枝
金本 美優
久保 美香
越野 和美
佐藤 良美
末原 千恵
杉村 杏子
高月 洋
竹田 タエ子
田中 みさこ
谷口 千奈
中村 久美子
夏田 信身
夏田 信身
新島 正子
小林 未奈
西羅 こづえ
小原 瑞希
野田 陽子
斎藤 務
平山 絹江
佐々木 貴美子
松田 良弘
三田 光
松本 佳世子
渋谷 優美

松本 裕三子
村田 愛理
山村 良代

兵庫県

朝倉 尚哉
池田 智恵美
石田 直輝
井上 友愛
大恵 やすよ
大塚 素江
勝山 花音
金原 未侑
小西 世莉奈
小林 宏子
小林 未奈
高階 万桜
田中 秀昭
丹後 あおば
照喜納 清美
照喜納 留美
友原 優希
長森 陽和
林 夏子
藤田 慎平
北條 愛優
細川 佳織
松本 日向
三宅 乃愛
村上 富美男
森脇 澪士
吉野 隆子

富田 佐恵子
富田 佐恵子
中村 栄子
西川 美津枝
早田 英美
深瀬 暉美
藤井 美華
森井 朱美

和歌山県

石井 瑞歩
榎本 翠
岡本 真由子
柿本 清美
柿本 浩二
柏木 仁美
白倉 弘幹
定兼 久美子
安原 勝美
山本 咲羽

岩井 文子
上木戸 政子
多田 瑛子

奈良県

鳥取県

市場 美佐子
笹尾 知佳
垰田 優衣
目春 陽子

島根県

沖野 充
山藤 一雄
竹内 真紀
渡邊 汐音

岡山県

川上 まなみ
髙見 真由美
永谷 意蕗
福原 智美
松井 勢津子
三戸岡 一江
米田 賢司

広島県

新枝 マツ子
今田 悠月
髙山 愛海
戸屋 壽子
増田 結希愛
村上 真弥

山口県

金井 優佳
小山 しず枝
小山 由梨香
末廣 苺子
清家 李里
廣田 夏海
藤本 美桜
古田 栞歩
山田 藍
山本 佳奈子
吉見 諒

香川県

安東 統仁
大西 遼弥
岸 亮吾
小山 康代
玉井 一郎
渡邊 有美

愛媛県

岡本 千春
鈴木 久仁子
次家 誠一
俊野 理英子

徳島県

井上 寧々
武富 直子
田渕 吏恵子
安本 生美
矢野 優太
山本 真純

愛媛県
廣本 好枝
別所 優子
村山 洋子

高知県
井上 みなみ
片岡 萌杏
木下 陽太
久保田 美優
澤本 拓海
棚橋 すみえ
中山 敬也
福原 万結
町田 悠
安本 奈都

福岡県
江頭 美香
小草 智拓
小田 彩代
柿田 光
篠原 実
しもがわるな
長 康輔
ときかわりょうへい
中嶋 奏人
野津 繁子
藤田 陽愛
古野 桃子
前田 由美
森 聖毅
山下 悠希
渡部 麻菜

佐賀県
井手 心太郎
小林 凛音
出島 愛友里
野崎 桂加
村上 龍生
矢羽田 武
有田 まとい
井手原 風花
岩崎 望夢
上田 れん太
山下 穂乃佳
吉永 雅子

長崎県
麻生 勝行
阿比留 真寿美
今村 彩乃
真辺 由麻
永田 奈美子
初村 優果
戸次 真理子
福崎 祐子
前川 治代
増本 真依

熊本県
今永 惠子
加藤 准奈
佐藤 可奈子
佐藤 俊計
上村 聡子
緒方 敦望
河瀬 樟大
藏元 弥帆
黒木 綾華
茂田 来夢
成瀬 莉歩
西方 海優
沼田 峻太郎
檜枝 亜実
益田 栞大
丸山 由佳
宮本 茉弥
依田 拓己
脇山 結歌

大分県
菅野 海森
椿 智哉
川畑 輝真
首藤 志穂
髙川 尚子
森川 剛
荒尾 洋一
甲斐 和十
加藤 孝二
小西 智子
布施 憲汰郎
堀之内 結菜
青屋 ひとみ
青山 未来
猪野 祐介
江口 凛花
大浦 菜美絵
菊永 花乃
北野 健眞
久保 沙椰
芝 桜子
白坂 彩奈
白石 瑠偉
竹内 晴
土田 星河
中岡 温
中島 紗希
西田 舞子
橋口 亜希子
福元 麻友
本地川 晟
道添 泰成
宮田 葉子
山口 優里

鹿児島県
大嶺 璃子
神谷 しほ

沖縄県
安藤 槙殊
杉本 心海
岑 健

アメリカ
工廣 蓮
ミル 光
山田 かれん

カナダ

あとがき

普段思っていても、なかなか言えないのが「ごめんなさい」の一言。手紙だからこそ相手に言える、伝わるのかもしれません。そのような日本一短い手紙「ごめんなさい」に、日本全国そして海外から、四万四三四八通のご応募をいただき、お礼を申し上げます。

日本人は、相手の気持ちを考えて言葉を使うことが多く、「ごめんなさい」と言われると、気持ちよくなったり、うれしくなったりします。心が洗われるような気がします。そのような言葉を、小学校などでは「ふわふわ言葉」と言っています。「ごめんなさい」という言葉は、相手の気持ちをふわふわさせる力を持っているのです。日本人が「ごめんなさい」を多用する理由は、このようなことが一因かもしれません。

四万通を超える手紙の中から、入賞作品を選考することは、容易なことではありません。一次選考会では、住友グループ広報委員会の皆様に大変お世話になりました。たくさんの「ごめんなさい」を目にし、口にして、ふわふわした気持ちになったのではないでしょうか。

最終選考会では、小室等さん、佐々木幹郎さん、新森健之さん、そして今回から第十三回本屋大賞を受賞された宮下奈都さんに加わっていただいて、手紙に込められた思いを、様々な角度から読み解いていただきました。

また、本書の出版では、中央経済社　最高顧問の山本時男氏はじめ、ご指導、ご協力いただいた皆様に心から感謝申し上げますとともに、日本郵便株式会社ならびに坂井青年会議所の皆様にも一筆啓上賞へのご支援、ご協力にお礼を申し上げます。

最後に、賞を逃された皆様、「ごめんなさい」。

平成二十九年四月

公益財団法人　丸岡文化財団

理事長　田中　典夫

越前 丸岡城

越前丸岡城は、天正4年（1576年）、柴田勝家の甥の柴田勝豊によって築城された平山城で国の重要文化財に指定されています。2重3層の望楼式天守は、現存する天守閣としては最古の建築様式を持ち、日本さくら名所100選にも認定された400本のソメイヨシノに浮かぶ姿は霞ヶ城の別名にふさわしく古城に美しさをそえます。

手紙のお手本として知られる「一筆啓上　火の用心　お仙泣かすな　馬肥やせ」この手紙は、徳川家康の功臣で「鬼作左」と呼ばれた本多作左衛門重次が陣中から妻へ宛てた手紙です。文中に出てくる「お仙」が、初代丸岡藩主本多成重であったことから、この手紙をモチーフに「一筆啓上賞」が誕生しました。この書簡碑は天守閣石垣の東北端に建てられています。

一筆啓上 日本一短い手紙の館

「一筆啓上　日本一短い手紙の館」は、一筆啓上賞に寄せられた手紙をただ展示するのではなく、心に響かせ、心に染み入るよう趣向を凝らした方法で紹介する、手紙文化の発信地として誕生しました。館内でゆっくり流れる時間を過ごし、ご来館の記念にご家族や友人など大切な方へお手紙をしたためてみてはいかがでしょうか。

越前丸岡城
〒910-0231　福井県坂井市丸岡町霞町1-59
tel.0776-66-0303　fax.0776-66-0678
URL　http://www.maruoka-kanko.org
ご利用時間：午前8時30分～午後5時（最終入場は午後4時30分）

一筆啓上 日本一短い手紙の館
〒910-0231　福井県坂井市丸岡町霞町3-10-1
tel.0776-67-5100　fax.0776-67-4747
URL　http://www.tegami-museum.jp/
ご利用時間：午前9時～午後5時（最終入館は午後4時30分）
休館日：年末年始（12月29日～1月3日）展示替え等のため特別休館あり

[交通] 車：北陸自動車道　丸岡ICから5分
電車バス：JR福井駅もしくはJR芦原温泉駅から京福バス利用
「丸岡城」バス停下車すぐ
[料金] 越前丸岡城・歴史民俗資料館・日本一短い手紙の館
3カ所共通入場券　大人（高校生以上）450円　小人（小中学生）150円

日本一短い手紙「ごめんなさい」第24回一筆啓上賞

二〇一七年四月二十五日　初版第一刷発行

編集者――公益財団法人丸岡文化財団
発行者――山本時男
発行所――株式会社中央経済社
発売元――株式会社中央経済グループパブリッシング
〒一〇一－〇〇五一
東京都千代田区神田神保町一－三一－二
電話〇三－三二九三－三三七一（編集代表）
〇三－三二九三－三三八一（営業代表）
http://www.chuokeizai.co.jp/
印刷・製本――株式会社　大藤社
編集協力――辻新明美

＊頁の「欠落」や「順序違い」などがありましたらお取り替えいたしますので発売元までご送付ください。（送料小社負担）

© MARUOKA Cultural Foundation 2017
Printed in Japan

ISBN978-4-502-23231-2　C0095

シリーズ「日本一短い手紙」

本体1,200円＋税

本体1,000円＋税

本体1,000円＋税

本体1,000円＋税

本体900円＋税

本体900円＋税

本体900円＋税

本体900円＋税

本体900円＋税

本体1,000円＋税

本体900円＋税

本体900円＋税

本体900円＋税

本体900円＋税

本体900円＋税

本体900円＋税

本体900円＋税

本体1,000円＋税

本体1,000円＋税

本体1,000円＋税

本体1,000円＋税

本体1,000円＋税

本体1,000円＋税

既刊
好評発売中

日本一短い手紙と
かまぼこ板の絵の物語

福井県坂井市「日本一短い手紙」愛媛県西予市「かまぼこ板の絵」

ふみと♪絵の♪コラボ作品集

好評発売中　各本体1,429円＋税